KB269832

장자와 동행

작가마을 시인선
19

작가마을 시인선 19

장자와 동행

초판인쇄 | 2013년 12월 15일　**초판발행** | 2013년 12월 20일　**지은이** | 이원도
펴낸이 | 배재경　**펴낸곳** | 도서출판 **작가마을**
등록 | 2002년 8월 29일(제 02-01-329호)
주소 | (600-012)부산시 중구 중앙동 2가 24-3 남경 B/D 303호
　　　　T.(051)248-4145, 2598　F.(051)248-0723　E-mail:seepoet@hanmail.net

정 가 / 8,000원
© 2013. 이원도　ISBN 979-11-5606-009-3

※ 저자와의 합의에 의해 인지를 생략합니다.

※ 본 도서는 2013년도 부산문화재단 지역문화예술 육성지원사업의 일부 지원으로 발간되었습니다.

장자와 동행

이
원
도

시
집

• 시인의 말

무게에 눌려 지치고 힘들 때
시벽詩壁에 기대어 한숨 돌리고 가면 어떻겠습니까
덜어 드리겠습니다
본래 없던 그 몹쓸 무게를.

2013년 겨울

시인 이원도

이 원 도 시 집

장 자 와 동 행

제3부

이원도 시집 **장자와 동행**

제 1 부

문도聞道

세수 하고 나면 앞섶이 젖었다

어릴 땐, ─조심하지 않고
커선, ─칠칠찮기는
늙어선, ─망령이 들었나
핀잔 들어왔지만 응당
물을 쓰니까
물이 묻는 것이라고 여겨왔다

  손바닥물이 손목을 타고 팔꿈치로 번지는 세숫물의
동선
  이순耳順 아침에야 어렴풋이 알았으니.

동백섬

그대 사랑법 흉내라도 내고 싶어 근 스무 해 동안 쉼
없이 그대 곁에 서성거렸다

사랑이여,
그대 그 말 한마디
일러주기가
그렇게도 힘이 들었단 말인가

그렇다면 나는 또 기십 년을 그대 입술만 바라봐야
하는가.

동행

　지하철역 승강기와 계단 갈림길에서 중년부부가 걷자
타자 실랑이 하더니

　남편은
계단으로
아내는
엘리베이터로

　다시는 안 만날 것처럼
등 돌리며 간다

　꽃잎 폭설처럼
하얗게 수놓은
동백역 1번 출구

　먼저 올라온 남편이 한 발짝도 움직이지 않고 지상의
문이 열릴 때까지

　우주를 기다리고 있다.

낙수落穗

당신이 돌아가셨다는 부고 받고 두려운 마음이 앞을
가려
　잰걸음에 달려가지 못하고
　무게에 눌린 꽃가지가 앞을 막아서는 갈맷길 걸었습
니다

　바람이 어영부영 지나가는데 동백꽃모가지가 툭툭
부러집니다

　무게 벗어던진
　홀가분한 나뭇가지여

　이제 나를 내려놓고 당신의 주검 앞에 문상이나 갈
까합니다
　그리고 물어볼 것입니다

　몸 버리고나면
　꽃 버린 빈 가지처럼 가벼우신 지를.

꽃 핀 자리

총알이 가창오리 떼처럼 까맣게 쏟아지던 혼바산전투
에서도 깃털 하나 다치지 않고 단숨에 동지나해협 건너
온 전우여

총성도 멎은 평화로운 이 시대
삶의 총알이 어느 부위를 관통했기에 만신창이가 되어
병실 지키고 있는가

이럴 바엔 우리 차라리 전선으로 돌아가면 어떻겠
는가.

무기無己

바퀴벌레, 제 몸에 난 잔털보다 많은 마음 가진 바퀴
벌레, 한 번도 제 몸의 잔털 다 세어보지 못한 바퀴벌레
　아니, 세지 못한 것이 아니라 세지 않았던 나의 분신
돈벌레

　어느 봄날 봄꽃에 둘러싸인 노랑나비 한 마리 미소 띠
며 다가와,
　"왜 그리 인상을 무섭게 해, 나처럼 편한 표정 지울 수
없니?"

　나, 감지했다
　나를 해치려는 음모가 언제나 내 가까이에 있다는 것
을, 그래서 더 무섭게 더 흉측하게 더 고상하게 더듬이
를 관리해야 한다는 것을

　위기가 닥치면 제 몸의 열 배 부풀릴 수도 있고, 반의
반쪽으로 줄일 수도 있는 초능력자에게

제까짓 게 뭔데 자존심 건드려

단맛 즐기는 돈벌레
돈벌레 때문에 부자가 된 것이 아니고, 돈 있는 곳에
찾아가는 돈벌레

더듬이 닦으며
살충제 세례를 기다리는 자유로운 영혼.

상흔

터널을 만들어
빨리 가는 것, 비책이야 될 수 있지만
산은 얼마나 아팠을까.

좌와 우

이른 새벽 차락차락 리어카 바퀴살 굴리며 좌동으로
건너가는 김 씨,

밤새 누군가의 손에서 버려진 아픔은 없을까, 우동
고물상 김 씨의 걱정은 앞서가는 리어카보다 한발 앞
이다

좌동 전봇대 전단지 뜯어내자 우동 가로등불 대낮처
럼 환하다

한발만 늦었어도 용광로로 끌려갈 뻔 했던 녹쓴 화
분거치대, 한 목숨 살렸다

김 씨의 기도문은 오십 보에서 고물, 백보에서 고물
두 음절이 전부다 간결한 김 씨의 복음을 듣기 위해
부러진 젓가락까지 목발 끌며 몰려온다

쪼이고 닦고 털고 칠하는 김 씨의 전지전능
감히 그 자리에 가본 자 만이 믿는다.

긴 하루

오월이었다
다가오는 유월은 당신 생일
쪼그만 성의라도 보여야겠다고 맘먹고 스마트폰 캘린
더에 유월을 저장해 뒀다

칠월이었다
무언가 놓친 것 같아
곰곰 살펴보니 오월도
유월도 내안에 없었다

어떻게 하면 서운해 하는 당신 위로가 될까
궁리하다가

일 년 삼백육십오 일을
유월로 저장한다.

나를 찾아서

내 안에서 빠져나간 내가 돌아오지 않는 밤 커피 잔 속
에 든 온기 남겨둔 채

나는 나를 찾아 집을 나섰다

흑맥주집 두 군데,만화방 소주방 당구장 바다이야기
그렇게 돌다 마지막으로 중동609,
없다

처진 왼쪽 어깨를 오른쪽 어깨가 부축하며 춘천천 다
리에 앉아서 초승달 본다

팔딱거리는 숭어 떼 사이로 기름때 뒤집어 쓴 채 유영
하고 있는 검은 물체

영락없는 나지 싶은데.

꽃과 신호등

선걸음에 건너가시라고
이쪽저쪽 이물 없이
오고 가시라고
굼뜬 발걸음 밀어내신다

　책가방 맨 아침햇살이 퉁퉁 부어오른 벚꽃나무봉우리
옆에서 수신호 기다린다

　냉기 가득 실은 대형화물차
꽝!
　꽃향기 깔아뭉개며 아무렇지도 않은 듯 봄을 향해 질
주한다

달리는 바퀴에 깔린 겨울,
침묵이 흐른다

누가 죽었다고 웅성거리던
차가운 조문객이 돌아가자

패인 바퀴자국 사이로
붉은 꽃들이
피어나기 시작한다.

해녀

턱뼈 튼튼한 파도는
갯바위 물어뜯는다
송곳니가 들어날 때마다
불끈 일어서는 육질 좋은 해초,
일없는 개펑꾼처럼
구겨진 지폐 세고 있는 너울파도
이어폰 낀
갈매기 양 귀가
굿막 감싸고 있는 무화과
꽃이파리 뜯어먹는다
트랙터 몰고 가는
건장한 먹구름이
덜컹덜컹 바다를 갈아엎자
살찐 이랑에
붉은 성게가 알을 품는다
검게 탄
수경 테두리
하얀 메밀꽃 영글어 간다.

가장 이상적인 가계

마흔해 전에 어머니가 태어났다

마흔해 전에 내가 죽었다

마흔해 전에 어머니가 건강했다

마흔해 전에 내가 아팠다

나, 폭풍흡입 나이 먹어도

마흔 살을 넘지 못한다

나, 아무리 아파도

마흔해 전에 아팠기 때문에

아픈 어머니가 되지 못한다.

패러글라이딩

  영민하다고 이웃으로부터 칭찬 받았던 나, 늦게까지
오줌을 쌌다

고추잠자리 졸음이 가을 가지 끝에 올라앉으면

축담 뛰어내리기
언덕 구르기
개울 건너뛰기
감나뭇가지에서 배나뭇가지로 건너가기

그런 날 밤이면 어김없이 오줌을 쌌다

  남녘바다를 향해 날으는 극락조 한 쌍, 원효봉 옆구리
에서 바라본 죄 밖에 없는데

오늘 밤이 위태위태하다.

* 28

이름

    비록 산이라고 해도 덕德을 쌓지 않으면 어찌 넉넉한
이름 하나 얻을 수 있겠는가

    첫눈 만나러 에둘러 정상에 갔으나
먼저 온 덕유산은
향적봉 하늘정원에 광활한 목화밭 일구어 놓았다

    희고 맑은 꽃들이야 지천에 깔렸지만 덕이 피운 목화
꽃에 견줄 꽃이 있겠는가

    누군가 지나가면서 등산 막대기로 제 이름을 적어놓
았다

名可名 非常名*이랬는데

눈 위에 눈이 내려 이름을 지운다.

   * 명가명 비상명 : 『노자』 1장, 이름을 부를 수 있으면 변함없는 절대
     적인 이름이 아니다.

소록도 가는 길

문학기행을 간다기에 경로 물었더니 바다를 건넌다고
했다

소요시간이 수월찮다고 했다
어쩌면 한 생이 걸릴지도 모른다고 했다

운이 좋으면 길 따라 핀 설중매 만나고
운이 나쁘면 멀쩡한 고속도로가 주차장으로 바뀐다고
했다

좋든싫든 꿈으로 만든 구름다리는 건넌다고 했다

그곳엔 누가 사느냐고 물었다

마음 아픈
사람들이 산다고 했다
나, 답장 보냈다

지금 여기가 소록돈데 뭣 하러
그까지 가겠느냐고.

지우개

스마트폰에 저장된 친구를 지운다

어쭙잖은 언쟁으로
몇 날 며칠 우울했던, 어제도 그랬고 지금도 그렇고 내
일도 그럴 수 있는
일상의 갈등
말끔히 지우지 못하는 나,
클릭 한번으로 어떤 악연도 초기화할 수 있는 너의 전
능에 고개 숙인다

지운다는 것은 없는 과거에 대한 예우이며
걱정하지 않는다는 것은 불확실한 미래에 대한 망념
갖지 않는다는 것

입시설명회가 있던 날
공부의 신이라고 자타가 동인하던 친구

* 32

영락공원 특3호실…

들들들 하기에 들들들 지운다.

제 2 부

측백나무

목욕관리사 허 씨는 신의 손이다

두 평 크기의 유리칸막이 신전이지만

  신전에 든 모든 이들은 번호표 받아들고 실오라기 한
올 걸치지 않은 채 신의 부름을 기다린다

  그는 마음이 일어난 진원지를 정확히 알아 안수기도
한다

발가락 사이 낀 쪼잔한 마음
잔뜩 짊어진 무거운 등판
식탐 가득한 뱃가죽
마음 낀 부위 용케 알아맞힌다

측백나무 주걱 같은 목욕수건으로
퉁퉁 불은 마음
정갈하게 지우고 나면
피톤치드 자욱한 텅 빈 허공이 된다.

십리화랑에서

장가계 관광 3일째 되던 날, 십리화랑 모노레일 타면
서 박 화백 옆자리에 앉았다

때마침 옅은 안개가 새신부의 면사포처럼 산 얼굴을
감췄다 드러냈다한다

어필봉 선녀산화 원가계 금편계곡, 눈에 띄는 곳곳 놓
치지 않고 스케치하던 분이

오늘은 손 놓고 멍하니 앉아있다

눈시울이 젖어있다.

상사화

문텐로드에 가면 연분홍 상사화가 숲길 따라 피어있다

어느 이른 봄
언 땅이 녹기도 전
지축 가르며
손 내밀었을 때
뜨거운 손으로 찬 지성을 당겨주던 소녀
팔월이 오기 전에
소녀는 멀리 해변도시로 전학 갔고
꿈에 부푼 열정은, 교실구석
다리 부러진 의자처럼
나동댕이쳐 있었다

그 후,
 목이 흰 소녀가 한가위 전후해서 가끔 다녀갔다는 소
문 들었지만
 한 번도 마주친 적 없는
목이 긴 소녀.

개망초 핀 묘역

누가 너를 망초라고 했을까
개망초라고까지 불렀을까

사랑도 자유도 일없는 너를
강풍이 불어
여린 잔등 짓밟고 지나갔구나

그러나 꽃이여
누군가가 있어 너를 꽃이여, 하며
불러주는 이도 있기에

너는 잠시 너를 잃었지만

너를 호명하는
세상의 고명을 향해
당당하게 돌아섰으면 좋겠다

가벼운 눈인사마저

응대하지 못하는 내숭쟁이 들꽃이여

저 지체할 수없는 힘의 향기

다시 또 불의가 오면
서슴없이 역천이라도 감내하고야 말
오월의 함성.

패랭이꽃

너의 의식은 황토빛이다

명장의 붓끝
흥건히 젖어든 유약 한 점
취한 적 없지만

화폭 가득 채운 너의 풍요 때문에
가난한 화분은 늘 부자다

  작고 앙증맞은 너의 애련은 옹골찬 생명의 울타리가
되고
  뜻을 확대한
오월의 카네이션이 된다

그러니 꽃이여
섣불리 몸짓 키우지 마라.

* 42

레드우드파크*에서

키 큰 놈치고

안 싱거운 놈 없다는데

커도 너무 크다

그러니 너는 크고 크고

싱겁고 싱겁고

옷가지 하나 걸치지 않고

벌건 알몸으로

암수가 마주 서서

크게 크게

싱겁게 싱겁게.

* 레드우드파크 : 샌프란시스코 근교 Santa Cruz Mountains 안에 있는
주립공원.

물봉선

한 시인이 말했다
사는 법 가르쳐주지 않아도
제 스스로 물길 따라
뿌리 내린다고

처음엔 초록으로 웃어도
한참 뒤면
보랏빛 웃음으로 바뀐다고

햇살 양껏 쬐어본 적 없지만
허구한 날 탱탱하게
물 머금은 여자

소금쟁이 촉수에도 탁,
터져버릴 것만 같은

보랏빛 꽃그늘 아랜
일급수 흐른다고.

오동나무

구더기 없애려고
 똥물이 통통 튀는 재래식변소에 오동열매 따서 풀던
아버지 손톱 밑으로
 보랏빛 오동꽃이 피면
 어머닌 오동반닫이에 재워둔 막내누이 연보랏빛 결혼
예복을
 한 땀 한 땀 기워나갔다

 안약 조제하던 할아버진
 오동약장을 눈병이 나도록 열고 닫았다

 할머닌 오동널을 쓰다듬으며 결 고운 대패질이 주검보
다 아름답다면서
 박 대목 솜씨 자랑에

고생하던 천식이 멎었다.

밴프국립공원

미련 곰탱이와
눈싸움 하는데요

억만년 묵은 눈으로
목성보다 큰 눈뭉치 만들어

정통으로 눈자위에 맞으면
혜성 같은 사랑이 번쩍 안기는
눈뭉치 던지는데요

눈뭉치에 맞은 숱한 기억들이
완전 소멸, 그래도
교묘하게 사랑 뒤에 숨은 나
용케도 알고 두들겨 패는데요

쩡쩡
우주가 몸살 앓는데요

* 46

아,

나 어쩔 수 없어 사랑을 약속했죠.

등나무

유월 등나무 아래서 낙엽 쓴다
오전에 쓸면 오후로 쌓이고
오후에 쓸면
오전으로 쌓인다

봄 쪽에서 쓸면 가을 쪽으로 쌓이고 가을 쪽에서 쓸면
봄 쪽으로 쌓인다
  쓸어도,
  쓸어도 희망보다 절망을 더 많이 토해내는 등나무 아
래서

배배꼬인 관습 아래서
똑같이 성질머리나 부리자니
갈등만 깊어질 것 같아
그냥 쓴다

빈 도둑처럼.

자귀나무

자귀꽃이다, 소리치는 순간
소녀는 사라지고
텅 빈 카페 자귀향 가득하네

나, 안장 없는 나뭇가지에 올라앉아

죽을힘 다해 채찍
휘두르네

때마침 동해남부선 철길 따라
오후를 짊어지고 달아나는
고라니
우연찮게 보았네

옳다구나, 네놈 짓이로구나

소녀를 내놓아라!

고함에 놀란 노랑부리까치
기적 남기며 사라지네.

가시나무

탱자꽃 너를 두고

봄꽃이라고 불러 미안하다

내 안에 봄이 있어 봄꽃이라고

부르고 말았다

유자꽃 너를 두고

가시꽃이라고 불러 미안하다

내안에 가시가 있어 가시꽃이라고

부르고 말았다

억만 가시를 흉중에 담아두고

너를 가시나무라고 몰아세워 미안하다

내안에 붉은 가시 참으로 미안하다.

* 50

후폭풍 덕분에

외로이 떨어져 나온 분홍 꽃잎 하나

신호등 없는
건널목 건너려다
자동차 머플러 후폭풍 덕분에 미기적미기적 뒷걸음질
친다

멀리 사거리, 발갛게 익은 정지신호가 모란처럼 피어
나자 텅 빈 도로 위로 형형색색 꽃잎들
도란도란 손잡고 건너간다

대열에 낀 분홍 꽃잎
깨금발로 따라간다.

1시 55분에 고장 난 시계

무슨 일로 저렇게 화가 났을까.

심보

저 보따리 속이 궁금하다

방게처럼 집게발 쳐들고 경로석 세 칸 독차지하고 누
운 노숙자 보따리

장산역을 출발한 궁금증이 이미 자리잡고 누운 노숙자
의 궁금증 속으로 방게 개펄 들 듯 재빨리 들어간다

재빠른 궁금증과 느긋한 궁금증이 멱살잡이 하면서 싸
움이 일자 찌푸린 궁금증들이 신고한다

신고 받고 달려온 역무원이 두 궁금증을 블랙홀 속으
로 밀쳐버린다

훅!
우주가 마음 없음을 안 것은 전차가 광안역을 막 지날
때였다.

임타령

남해유배문학관 갔다
어디선가 본 듯한 진열장 속에 든 밀랍인형
나를 닮은 얼굴이다

없는 세상에서 공연히 이것이다 저것이다 시비분별이
나 하더니
그럴 줄 알았다

구름만 껴도 삭신이 아리더니 그 때 맞은 장독杖毒 때
문이었구나

보약사발 들고 사탕발림해도 쓴맛엔 손사래 치더니
사약賜藥사발 보니 왜 그랬는지 알겠구나

일신의 영달은 매발톱처럼 숨겨두고 목민牧民을 앞세
워 학정 일삼던 화상아, 언제 한 번이라도 힘없고 억울
한 민심에 귀 기울인 적 있었던가

* 54

그저 윗분, 윗분하면서 두 손 싹싹 비비다가
꼴좋다

응대 없는 임타령 때문일까
창밖 동백꽃 모가지가 툭툭 부러지고 있었다.

나이아가라 폭포

불경기 이겨내지 못한 중년부부가 급기야 벼랑 끝에
선 것이다

먼 길 돌아 여기까지 왔는데

저들은 이제 남남이 되려 하고 있는 것이다

아닐 것이다
저 벼랑 끝은 어쩌면 이제 막 시작하려는 출발점일
것이다

맘껏 즐기려는 놀이터일 것이다

쌍무지개 뜬 물기둥사이로 숨바꼭질이나 하다가 한
바탕 나뒹굴다 패대기 치면서
질펀하게 놀아나 보는 것이다

삶이 둘을 갈라놓는다고 해도

나이아가라 폭포

* 56

흐름에 밀려가는 갈등이라 해도
세인트로렌스 강에서 화해和諧할 것이다

　이 순간 잘 넘기고 나면 진정 하나임을 알게 될 것
이다.

제3부

방생

칡넝쿨 놓아주러 간다

등넝쿨 놓아주러 간다

칡넝쿨 질긴 마음 놓아주러 간다

등넝쿨 꼬인 습 놓아주러 간다

수족관에 든 잉어 놓아주러 간다

냉장고에 든 간고등어 놓아주러 간다

나를 놓아주러 간다.

죽어도 싸다

“저승사자는 뭐하누, 저 귀신 안 데려가고”

게으르고 술 도박 좋아하는 사십 줄 막내삼촌, 할
머닌 귀신이라고 했다
나, 평생 독신으로 산 삼촌 본명이 귀신인줄 알았
다
할머니로부터 등줄기에 불이 튀도록 매질 당하는
귀신이 가끔은 가엾다는 생각도 들었다

달무리처럼 만취해 들어오면
영혼 없는 귀신을 붙들고
산발한 귀신처럼
통곡하던 할머니
하마하마 정신이 돌아올까 봐
뒤란 장독대에서 두 손 모아 치성으로 기도하던 할
머니

그때 할머니 입안에서 웅얼웅얼 굴러가던 무성기도

가 당신 자신을 데려가 달라는 기도였다는 것을 알게
된 것은
　　할머니 30주기 제삿날
　　음복주를 받아 든
　　수전증 심한 막내삼촌
　　풍전등화 같은 남은 생을 흔들면서

　　"벌써 죽어얄 몸이 여태 산다."

렉 타호Lake Tahoe에서

자루 단단한 뜰채 하나 있으면

호수에 떠다니는

저 달, 냉큼 건져 도망거지 칠 텐데

가진 것이라고는 눈곱만큼도 없는

나의 빈손

덥석 달을 건지려는 순간

붉은 잉어 물속 깊이 숨어버리고

흰 지느러미 하나

물살 가르며 떠 있네.

콜롬비아 아이스필드

큰 키 딱 벌어진 어깨 흰 얼굴, 지리 선생님

흰 와이셔츠
담갈색 타이 즐겨 매시는
단정한 선생님

좀처럼 화내지 않았다

　그런 선생님께서도, 교장선생님 방에만 갔다 오면 태
풍의 눈이 되어 무스 머리칼은 만년설 품고 있는 빙원처
럼 검붉은 화를 내면서 팔월 눈사태 일으키곤 했다.

들들들 떨었다

눈먼 자의 여행

역방향 좌석 KTX 탔네
타성에 젖어 살아온 삶이
멀미 일으키네

창밖은 미래,
미래를 향해 출입문 여는 순간
손잡이에 달라붙어 부화 기다리는
점자 발견했네

이것이 부화되면 저것이 될까
하늘소 알집이
땅강아지로 부화할까

꼬물거리는 유충들 한글 맞춤법 통일안에 끼워 맞춰보
지만 새끼벌레 한 마리 날려 보내지 못하는
아, 나는 청맹과니

급박하게 올라탄

가로등 불빛이 은빛 노래 부르네
여기가 13호차라고.

불온한 점괘

"뜻을 전했으면 말은 버리라"

고 했는데 나, 죽은 말에 올라

살아있는 말을

앞지르려 하고 있다

그런 탓에 물리고

뒷발에 채어

낙상할 점괘.

* 68

새를 키우는 마음으로

아버지는 어머니였다

아버지는 형아였다

아버지는 막냇동생이고
손자였다

아버지는 소였다
여리고 맛난 풀잎 찾아다니는

아버지는 떡갈나무였다
탁탁 빈산에
도토리를 던지다 산그늘 끌고 오는
요술쟁이

아버지는 아버지가 없었다.

앙코르와트

윗돌에 눌려
허리 한번 펴보지 못한
가련한 기단석에게

황량한 벌판
돌짐지고 버틴다는 거
힘드시지요,

힘들다는 네 마음이 힘들지
나, 괜찮다 하신다

　저기 무지개다리 건너 운하雲霞는 잡은 화두가 무엇입
니까,

궁금하냐?

　잠시 귀동냥이라도 하고 싶은데 마땅한 방법이 없을까
요?

* 70

있다,

가르쳐 주십시오

궁금증 버리면 들린다.

평상심平常心

나, 자꾸 밥을 흘린다
할아버지는 말씀하셨다
"공부할 때는 공부하고 놀이할 땐 놀이하고 힘들면 쉬
고 잠 오면 자거라 밥 먹으면서 딴생각 하면 귀한 밥 흘
린다"
생각 많은 나
아직도 밥을 흘린다.

섬

텅 비어있었다

배부른 갈매기들 부리 닦는 소리,

　새벽달이 주정꾼처럼 기웃거리다 지나갔다는 근거 없
는 소문만 휑했다

소문은 진원이 없기 때문에

침묵이 식탁보처럼 날개 늘어트리고 앉아 있다

날아라! 식탁

감미로운 허공엔 거꾸로 매달린 미소가 가득

멀리서 들려오는

천상의 노랫소리.

공룡발자국

짧은 보폭으로 너를 쫓으려 하다 보니 가랑이가 찢어
질 것 같다

너를 통해서 무언가 고증해야겠는데 직보도 횡보도 아
닌 불안한 족적에서 대관절 너의 고집의 배열이 궁금하
다

다시 생각해도 무엇인가 있기는 있을 것 같은데, 끓어
오르는 용암 속으로 얼음처럼 가로질러 간 너의 족적을
용기라고 해야겠니, 역사의 감응이라고 해야겠니,

넓은 땅 두고
왜, 하필이면 벼랑 끝 택했을까

크기를 알 수없는 육중한 상념체, 재도 없이 태우면 꺼
지지 않는 불은 우주를 향했을까

나는 왜, 온종일 미망迷妄을 밟으면서

몸에 묻은 먼지 하나 태우지 못했을까

그것이 더 궁금하다.

오신에 대하여

왜왜 하지마라
　의심스럽다는 것은 네 안에 왜왜 하는 사진이 들어있
기 때문이다

　작은 새는 키 낮은 나뭇가지에 집 짓고

부엉이는 벼랑 끝에 집을 짓는다

길을 가다 돌부리 걷어차는 것도

영화관에서 손지갑 놓고 나오는 것도

그러기 때문에 그런 것이다

왜왜 하지마라

　이쪽으로 오는 사랑은 여기에 사랑이 있다고 믿기 때
문이고

* 76

저쪽으로 가는 사랑은 저기에 사랑이 있다고 믿기 때
문이다.

끝없는 질주

자꾸 달아난다

달아나다 생각하니 왜,

도망거지 치는지 알지 못한다

그런데도 자꾸 달아난다

이럴 것이 아니라 맞장 떠야겠다

돌주먹 말아 쥐고 플라타너스 그늘에 기대는 순간

플라타너스 열매가 이마를 친다

다시 달아난다

침대에서 떨어져 끙끙거린다

오 하나님, 거기서 뭐해요

그럴수록 자꾸 달아난다.

* 78

간이역

바람과 빗물이 합세해서 빚은
까만 헛기침 서넛이
두런거리며 지나갔다

빛 없는 무인신호등 일으켜 세우느라 목쉰 기적이 안
간힘 다하지만,

침목 사이 발목 낀 떡갈잎들 독한 냉소만 보낸다

낚시코에 걸린 강이 "날 좀 보소 날 좀 보소" 한 소절
늘어트리면

잠시 엉덩이 붙일 짬도 없는
플랫폼의 검은 빛들이
소리 없는 기적을 양산하는
도도한 적막.

몸

바싹 마른 무청시래기 살짝 닿아도 이파리가 바스러
진다

베란다에서 부엌까지 옮기는데 마룻바닥에 잎가루가
수북하다

분무기로 물을 뿜어본다

물먹은 무청시래기
잎도 잎이지만

줄기까지 새파랗게 되살아난다

알겠다, 몸살이 경계란 몸에 물기가 남아있을 때까지
라는 것을.

한울타리 두 생각

아내는 이사하자고 하는데
그나마 몇 차례 추첨을 통하여 겨우 당첨된 집이 지금
사는 집인데
새집증후군으로 여러 해 고생했는데

마음 하나 지우는데 비록 우주라 해도 그 시간이 녹록
치 않다는 것 아는데

스무 해 넘게 마음없이 살았는데 첨단 구조로 된 새로
운 마음
하나 집어먹자 하는데

새집 증후군 즐기는 아내
이사 못해서 걱정
나, 이사할까봐 걱정.

금고

"금고 속에 귀금속을 감춰뒀는데 도둑이 와서 금고 채
들고 가버렸습니다"

나, 돈 명예 사랑 자존심 원수

이것들과 맞바꾼

명품금고 하나 새로 들여 놓았습니다

현관문 열어놔도 거들떠보지 않는.

제 4 부

시간과의 사투

벽시계 사러 시장골목 일대 다 둘러봐도 시곗방을 찾
지 못했다

다 어디 갔을까

한때 이 거리는 수많은 시간들이 건달처럼 벽을 지고
재깍재깍 초침 흔들며 지나가는 행인들을 꼬나보곤 했
는데

금은빛 광채가 야시장 일대 대낮처럼 밝히며 숨 가쁜
맥박이 호객행위 했는데

다 어디 갔을까

헛것을 본 것인가

값은 고하간에 진품 시간 하나

구매하려 했는데.

의족

무거운 날개 내려놓지 못한 채
차갑고 검은 밤 외발로 보내고
 아침 끼니 구하러 떠난 왜가리 빈집 아래서 아침체조
한다

양팔 수평으로 펴고
외발로 서본다
찍해야 오 분도 못 버틴다

골절상 입은 친구의
응급실 창 너머에서
의족 신세는 면해얄 텐데
까치발 선 우려가
푸득푸득 헛날갯짓 하고 있다

한 생을 외발로 선 운촌경로당 조鳥씨 노인

동해남부선 선로가 폐선될 때까지
미동 않고 선 걸로 봐서

* 86

외로움이 응고된
의족 분명하다.

사진기

꿈속에서도 사진 찍는

엄마 뱃속에서도 사진 찍었던

나, 디지털사진깁니다

　세상일이란 내 안에 저장된 필름에 대입하면 한 치
오차 없이 비교분석되어 드러납니다

그것이 기다 싶으면 자존심 셔터는 자동입니다

오랜 시간 닥치는 대로 찍다보니
나 정말 디지털은 싫어졌습니다

지금 있는 그대로 찍었다 증발해 버리는

다소 구태이긴 하지만

폴라로이드이면 딱 좋을 것 같습니다.

* 88

운수 좋은 날

해운대온천에서 목욕 마치고
덜 잠근 수돗물처럼
똑 똑 돌계단 내려오면

오늘은 유황빛 하루가 되겠다

열린 창으로 수압 센
샤워꼭지처럼 확 덮치는
청매 향

한 주는 맑겠다

휴게실에서 기다리는
화장기 없는 우주

나 없어 당신 뜻대로 살면
영원히 맑겠다.

담배

나, 오래된 그녀가 있다
고 2 때부터 화장실 문 걸어 잠그고 구순쾌락 즐기던
사이,
팽그르르 돌려주던
그녀와의 밀애 즐기려면 밀실 입구에 초병 세우고
너 한차례
나 한차례 혼음도 불사했다
그런 나는 암만 생각해도
변태성욕자, 틀림없다

결혼하고도 나의 불륜은 계속되었고
안방까지 그녀를 끌어들였다가 급기야는 산다 못 산다
불화가 일어났다
강단없는 나, 건강이라는 조강지처의 관계를 넘어설
수 없다고 판단한 나머지
수차례 독한 맘먹고 헤어지기 작심했지만
나를 개관하고 있는
그녀의 유혹에서

내심 빠져나오기 싫은
내가 있었던 모양이다

갈수록 횟수와 농도가 짙어지는
오르가즘

콧구멍이 불철판처럼 달아오르도록
뻑뻑 빨아대는 베란다 순정.

시비是非

김 씨가 아파도 박 씨는 아프지 않다

박 씨가 아파도 최 씨는 아프지 않다

최 씨가 아파 죽어도 이 씨는 죽지 않는다

어깨춤 추는데 귓불이 춤춘다

허리춤 추는데 두 팔이 춤춘다

발춤 추는데 머리가 춤춘다

춤을 추지 않아도 허공은 춤춘다.

버려야할 것들

과거의 하드카버에 쌓인 책들을 버리면서 나를 짓누르
고 있는 무거운 지식도 함께 버려지는지

쇼윈도에 걸린 명품양복 속으로 잠입하면 명품청춘으
로 거듭날 수 있는지

낡은 형광등 갈아 끼우면 시간을 번쩍, 되돌려 받을 수
있는지

어둠이여
영원한
빛의 근원이여

없는 나를 잡고
있는 당신을 버렸으니.

엄마와 아들

고요가 낡은 소파 위에서

칠흑 같은 어둠을 꺽꺽 씹으며

단잠에 빠져있다

입맛 한 번 다실 때마다

질겅질겅 씹히는 허공

손아귀 벗어난

세다 만, 천 원짜리 지폐들

유기견처럼 짖어댄다

겹쳐 누운 권태가

액자 속 어머니를 매질하고 있다

실종

집게손가락이 톱날에 잘려나가자

검지와 중지가 집게손가락 못 한다

오른쪽 밀고 가던 왼팔이 숨 거두자

죽은 왼팔이 오른팔 돌본다

왼쪽다리 다치자

멀쩡한 오른쪽다리가 미워지기 시작했다

다리가 다리를 버리고 있다.

박달령*에서

춤추는 억새꽃 그림자를 버리며
땀으로 얼룩진 두타頭陀를 감싸며
감사합니다, 고맙습니다
맑고 깨끗한
청옥靑玉 가는 길

바람에 밀려오는 춤사위에게 말할 것이다

너희가 맹수처럼 떼지어 온다 해도
두 주먹 붉게 쥐고
산문에 걸터앉아
일일이 통행료 받을 것이다

속살이 비치도록 하얀 솔 향이여, 비록 당신이라 할지
라도 나를 넘지 않고는 청옥으로 들지 못할 것이다

두타를 저버린 채 청옥이 되지는 못할 것이다

* 96

응분의 대가를 치루고 박달령 통과했더라도 청옥에
들었다손 쳐도,

나를 다 버리지 못했다면 감히 무릉武陵에 들었다고
는 할 수 없을 것이다.

초심初心

팔순이 넘은 형님, 고노실 마을로 이사했다

고향 떠난 갑년甲年에
누구와도 의논없이

귀농이라 하기엔 노동력이 없고 귀향이라 하기엔 말이
고향이지 일가친척 하나 없는
그야말로 객지

나, 전격적으로 형님 댁 방문했다

때마침 갈비봉 산그늘이 맨발로 뛰어나와 반갑게 맞이
한다

창틈으로 들어온 놀빛을 나눠먹는
형제의 무릎 사이로

* 98

골바람이 지나갔을 뿐
아무 일도 일어나지 않았다.

당신 뜻대로

유기농 무밭을 놓는다는 친구의 전화 받고 무청 두 자
루를 얻어왔다

지난햇 날이 흐려 바싹 말리지 못했는데

올햇 좋다

쳐다만 봐도 군침 도는 저 초록 주검

풀 먹인 모시치마 같다

햇살 덕분이다.

파도, 동백에게

괜한 짓 했어
오지 말았어야 할 이곳
가지 말았어야 할 저곳
이거이다 저거이다
시비분별이나 하다가
갯바위에 몰리고
꽃 틈에 몰리면
내 뜻 아니라고
허공의 핑계를 대지만
곰상곰상 생각해 보니
가지 말았어야 할
꽃 진 자리 저곳
더펄더펄 디뎌 보니
온 적도 없는
꽃 핀 자리 이곳.

꿈에 꿈

훈련도 훈련이지만
훈련소 막사 사역에 무척이나 힘들었던 논산훈련소
다시 입대했네

닦아도 광나지 않는 군화
먼저 인사해도 본체만체 하는
낯선 전우들

외출 한번 하려면 온갖 트집 잡던 위병소에선 휑하니
빈 바람만 얼차례하고 있네

부당한 강제징용에 대하여 호소했지만 아무도 들어주
지 않네

나, 홧김에
안전핀 뽑아들고

수류탄사격장으로 달려가네

꽝! 꽝!
택배아저씨가 낮잠을 두드리네.

지옥의 벨

비싼 스마트폰 할부로 구입했다
고맙게도,
고등수학 척척 풀어준다
전화번호 찍었는데 상세 지도 띄워준다

　필리핀 레이테섬 강타한 하이옌으로 일만 오천 명 죽
었다는 인터넷 기사에
　만 명,
　팔천 명,
　육천팔백 명까지 에누리해서 알려준다
　돈값 한다

배경화면에 뜬 가을하늘 본다
정아가 시집간다는 사진
정아라는 정아는 모다 가슴 설레겠다

카톡 보면서 지하 사 층 내려갔다가 놓고 온 차키 가지

러 다시 온다
　신용카드 가지러 다시 온다
　나를 매도할
　인감증명서 가지러 세 번째 올라온다

　나는 없고, 벨 소리만 있다.

그림자

그림자 두려워하지 마라
내가 흰옷을 입었다고 해서 그림자까지 희어지는 것은
아니다
내 안에 가득 담긴 마음이 그림자다.

서프보드 surf board

허허바다

널빤지 한 장으로 태어나

쉼 없이 밀려오는 세파를 겁없이 타고 넘을 수 있었던
것은

내가 가진 기교나 근력이 아니라

오직 바람 덕분이었다.

빈 중심을 향하여

빈 중심을 향하여

구모룡 (문학평론가, 한국해양대 교수)

이원도 시인은 장자莊子와 동행하는 삶의 기획 속에서 시를 쓰고 있다. 그는 일찍부터 『장자』를 읽으면서 장자의 필터를 통해 시와 삶을 해석하는 작업을 해 왔다. 이상의 시를 장자와 겹쳐 읽으면서 그는 박사학위 논문을 썼고 이를 다듬어 『이상이 만난 장자』라는 저서를 상재하였다.

제2시집 『구름 사육사』는 4부로 구성되어 있는데, 각 부마다 소요유풍, 제물론풍, 양생주풍, 인간세풍이라는 제목을 붙여두고 있다. 장자의 사유를 좇아 자신의 시를 나눈 것이다.

하지만 이 시집이 장자를 노래하고 있는 것은 아니다. 그는 장자를 대상으로 사유하지 않는다. 오히려 자신의 삶의 과정에서 장자적인 것을 실현하려 한다. 장자와 시인은 상호텍스트성으로 만나지만 시인의 시가 장자에 대한 찬가에 머물고 있는 것이 아니다.

종교시와 철학시가 실패하는 것은 신념과 관념을 생경하게 진술하는 데서 비롯한다. 소위 육화된 언어가 요긴하다. 마찬가지로 이원도 시인이 의도하는 바도 장자를 시적 대상으로 삼으려는 데 있지 않다.

우리는 이원도 시인의 시에서 문면文面을 통하여 장자와 만나기 어렵다. 그가 일상과 생활의 수준에서 경험적 사실들을 시적 제재로 삼고 있기 때문이다. 그는 원숙한 경지에서 장자의 사유를 시 속에 담아내려 한다. 장자 읽기와 삶이 하나의 맥락에서 시 쓰기로 이어지고 있는 것이다. 이 점은 "장자와 동행"이라는 제3시집의 표제가 지시하는 의미이기도 하다. 그는 장자의 사유를 자기에 대한 배려의 방식으로 전유한다.

내 안에서 빠져나간 내가 돌아오지 않는 밤 커피 잔 속에 든 온기 남겨둔 채//나는 나를 찾아 집을 나섰다/흑맥주집 두 군데, 만화방 소주방 당구장 바다이야기 그렇게 돌다 마지막으로 중동609,/없다//처진 왼쪽어깨를 오른쪽 어깨가 부축하며 춘천천 다리에 앉아서 초승달 본다//팔딱거리는 숭어 떼 사이로 기름때

뒤집어 쓴 채 유영하고 있는 검은 물체/영락없
는 나지 싶은데.
- 「나를 찾아서」 전문

그 단초에서 시적 발상이 "나"로부터 시작된다는 것은
주지의 사실이다. 자기표현이 지니는 자기애적 동기를
넘어서는 과정에서 시적 지평은 확산된다. 인용시는 단
지 자아 찾기에 그치지 않는다. 또한 분열된 자아의 양
상을 진술하고 있는 것도 아니다. 시 속의 주인공은 외
부의 사물을 통하여 자기를 발견하고자 배회한다. 도시
적 삶 속에서 자신의 진면이 상실되었다는 자각에 따른
산책이다.

그러나 산책자에게 다가오는 것은 잃어버린 자기의 모
습이 아니다. 익숙한 장소라고 생각한 곳이 낯선 공간이
되어 있다. 쉽게 공감이 일어나지 않는다. 마침내 지친
산책자는 "기름때를 뒤집어 쓴 채 유영하고 있는 검은
물체"가 자기가 아닐까 궁리해 본다. 그러므로 이 시에
서 자기 찾기는 미결의 이야기로 남아 있다. 이는 얼핏
자아 동일성을 상실한 현대인의 모습을 그리기 위한 의
도로 읽히게 된다.

또한 달리 생각하면 기존의 자기를 지워가는 경로로
이해할 수도 있다. 다시 말해서 확정된 자기는 없다는
것이다. 마찬가지로 남과 구별되는 하나의 중심으로서
의 자기를 부정한다. 자기에 한정된 주관에서 벗어나 외

113 *

부의 사물에 이르는 길은 주체 혹은 주관성을 초극하지 않고 열리지 않는다. 이는 자기로 명명된 것들을 해체하고 편견과 지식을 비우면서 이름이 없는 무명無名과 만나는 일과 연관된다. 인용시에서 말하고 있는 "검은 물체"가 무명의 "나"를 의미하는 것은 아닐까?

> 그림자 두려워하지 마라
> 내가 흰옷을 입었다고 해서 그림자까지 희어지
> 는 것은 아니다
> 내 안에 가득 담긴 마음이 그림자다.
> — 「그림자」 전문

빛의 투영에 의하여 발생한 "그림자"는 존재에 대한 부재, 진실에 대한 가상으로 인식되어 왔다. 그러므로 예술과 지식은 이러한 그림자를 초월하는 과정으로 받아들여졌다. 태양이라는 진리의 빛을 향할 때 인간은 이성의 분별력을 갖게 된다. 이리하여 인간의 역사는 곧 빛의 역사가 되었다. 그림자와 그늘의 의미나 가치가 회피된 것은 당연하다. 그러나 인용한 시는 그림자의 위상을 뒤집는다. 의복의 색채 변화와 무관한 것이 그림자이다.

시인은 이러한 그림자를 "내안에 가득 담긴 마음"으로 격상하고 있다. 이는 흔히 말하는 "마음의 그림자"와 다른 차원이다. "마음이 그림자"라는 진술은 현상의 차이들을 분별하고 시비하는 대립을 초월하는 상대적 관점

과 연관된다. 그것은 근심의 형상이나 의혹의 이미지가
아니며 자기 동일성을 부정하고 무無를 지향하는 과정을
가리킨다. 그래서 시인은 「버려야할 것들」에서 "어둠이
여/영원한 빛의 근원이여/없는 나를 잡고/있는 당신을
버렸으니"라고 말한다. 빛이 근원이 아니라 "어둠"이 근
원이라는 것이다. 시인은 빛과 어둠에 대한 잘못된 위상
학을 교정한다. 덧붙여 "없는 나"를 말함으로써 지식이
나 재물을 채워가는 일과 달리 자기를 덜어내고 지우는
과정을 시사한다. 이로써 시인은 자기를 대상화하는 현
대시의 사유체계와 구별되는 마음의 시학을 제시하고
있는 것이다.

> 칡넝쿨 놓아주러 간다/등넝쿨 놓아주러 간다/
> 칡넝쿨 질긴 마음 놓아주러 간다/등넝쿨 꼬인
> 습 놓아주러 간다/수족관에 든 잉어 놓아주러
> 간다/냉장고에 든 간고등어 놓아주러 간다/나를
> 놓아주러 간다
>
> ─「방생」 전문

　이 시에서 "방생"의 의미가 크게 확장되어 있음을 알
수 있다. 우선 "칡넝쿨"과 "등넝쿨"이 암시하는 시비를
벗어나고자 한다. 또한 수족관에 갇혀 있는 "잉어"를 놓
아줌으로써 자연의 이치를 따른다. 소박한 차원의 "방
생"이 이에 해당한다. 그 다음이 문제적이다. "냉장고에

든 간고등어”는 이미 죽은 사물이다. 그럼에도 시적 화자는 이를 놓아주는 행위를 “방생”이라고 한다. 그야말로 생사에 관한 기존의 관념을 해체하고 있다. 이러한 시적 인식이 가능한 것은 무無가 모든 존재의 바탕이라는 생각이 있기 때문이다. 존재의 현존에 관여하고 만물을 생성하게 하는 무가 있으므로 “나” 또한 무가 중심이 된 “빈 중심”으로 방생할 수 있는 것이다. 이는 곧 자기를 방해放解함으로써 무한한 생명이 활동하는 자연으로 돌아가고자 하는 일과 다르지 않다. 이성중심의 시비와 분별을 떠나고 인위적인 문명의 세계에서 풀려나는 것을 시인은 “방생”이라고 한다.

> 춤추는 억새꽃 그림자를 버리며/땀으로 얼룩진 두타頭陀를 감싸며/감사합니다, 고맙습니다/맑고 깨끗한/청옥靑玉 가는 길//바람에 밀려오는 춤사위에게 말할 것이다//너희가 맹수처럼 떼를 몰고 온다 해도/두 주먹 붉게 쥐고/산문에 걸터앉아/일일이 통행료 받을 것이다//속살이 비치도록 하얀 솔 향이여, 비록 당신이라 할지라도 나를 넘지 않고는 청옥으로 들지 못할 것이다//두타를 저버린 채 청옥이 되지는 못할 것이다//응분의 대가를 치루고 박달령 통과했더라도 청옥에 들었다손 쳐도,//나를 다 버리지 못했다면 감히 무릉武陵에 들었다고는 할 수 없을 것이다.
>
> － 「박달령에서」 전문

"박달령"은 "두타산에서 청옥산으로 넘어가는 능선"이다. 이 시는 "박달령"을 넘어 "청옥"으로 가는 과정을 자기의 문제와 연결하고 있다. 온갖 사물과의 만남은 존재의 희열을 불러온다. 외부의 사물에게 감사해야 하는 까닭이 여기에 있다. 그렇지만 사물과의 관계를 넘어서 보다 근원적인 세계로 가는 길에는 반드시 통과해야 하는 문이 있다. 첫 번째 문은 자기와 타자의 구별이 존재하는 가운데 유지되는 관계 인식이다. 자기애적인 주체 중심을 극복하고 자신을 낮은 위치에 두는 과정이다. 두 번째 문은 "나"를 넘고 버리는 무기無己의 과정이다. 이러한 과정이 없다면 두타에서 청옥에 이르는 일조차 어렵다. 하물며 "무릉"에 이를 수 있겠는가? "나를 다 버리지 못했다면 감히 무릉에 들었다고는 할 수 없을 것이다." "무릉"은 자타와 주객 사이에 아무런 대립도 존재하지 않는 합일의 경지 혹은 화해의 경계를 의미한다. 이로써 "나"는 여러 사물과 더불어 빈 중심으로 연계되는 것이다.

"빈 중심"은 비어 있음 혹은 없음이 중심이라는 의미이다. 존재와 사물은 이러한 빈 중심의 연쇄로 이어져 있다. 적어도 시인은 이러한 관점에서 삶과 자연 그리고 우주를 말하려 한다. 일상과 생활 속에서 만나는 우주라는 표현은 결코 수월하게 이해될 수 있는 대목은 아니다. 그럼에도 서로 마주 보는 관계를 넘어서 무한한 자

연의 도에 이를 수 있다는 시인의 인식은 일상과 생활
속에 우주를 끌고 오는 시적 모험을 감행한다.

> 지하철역 승강기와 계단 갈림길에서 중년부부
> 가 걷자 타자 실랑이 하더니//남편은/계단으로/
> 아내는/엘리베이터로//다시는 안 만날 것처럼/
> 등 돌리며 간다//꽃잎 폭설처럼/하얗게 수놓은/
> 동백역 1번 출구//먼저 올라온 남편이 한 발짝도
> 움직이지 않고 지상의 문이 열릴 때까지//우주
> 를 기다리고 있다.
>
> - 「동행」 전문

이 시의 묘미는 결구에서 돌연히 등장한 "우주"라는 단
어에 놓여 있다. 물론 그 앞에 배치된 "지상의 문"이라는
시구가 "우주"라는 말의 충격을 다소 완화한다. 그럼에
도 "우주"가 만들어내는 의미의 증폭이 크다. 부부의 관
계가 우주적인 차원으로 비약하고 있기 때문이다.

이러한 어법은 「운수 좋은 날」에서도 반복된다. 목욕을
마치고 만나게 되는 부인을 일러 "휴게실에서 기다리는/
화장기 없는 우주"라 일컬으며 "나 없어 당신 뜻대로 살
면/영원히 맑겠다"라는 진술을 덧붙인다. 생활세계에서
관계를 "우주"와 연관시켜 실천하려는 시인의 의지가 반
영된 대목이 아닌가 한다.

이렇게 볼 때 「한울타리 두 생각」이나 「밴프국립공원」
등에서 거듭 등장하는 "우주"는 앞서 말한 "빈 중심"에

의 지향이 생활세계의 차원에서 표출된 양상이라 할 수
있다. 아내를 "우주"로 명명하거나 관계를 "우주"에 비
유하는 것은 단순한 수사에 그치지 않는다. 이것은 시인
이 자신의 깨달음을 일상 수준에서 확인하는 일과 연관
된다.

> 세수 하고 나면 앞섶이 젖었다//어릴 땐, -조심
> 하지 않고/커선, -칠칠찮기는/늙어선, -망령이
> 들었나/핀잔 들어왔지만 응당/물을 쓰니까/물이
> 묻는 것이라고 여겨왔다//손바닥물이 손목을 타
> 고 팔꿈치로 번지는 세숫물의 동선/이순耳順 아
> 침에야 어렴풋이 알았으니.
>
> -「문도聞道」 전문)

　　이 시의 주지主旨도 깨달음의 수사학과 연관된다. 예순
에 이르러 도를 알았음을 암시하고 있지만 그것이 매우
일상적인 습관에서 발견된 것이라고 진술한 데서 놀랍
다. 결국 시인은 도를 추구하는 것이 사물을 이해하는
관점의 문제에 있음을 말하고 있다. 세수를 하면서 앞섶
이 젖는 일을 두고 사람들은 나이에 따라 다른 의미를
부여해 왔다. 세대에 따라 형성된 통념들이 반복되고 있
는 것이다. 시적 화자는 이러한 통념들을 반성하고 상대
화시켜 다시 이해하는 눈을 갖게 된다.
　　이는 인간의 주체 중심의 시각을 탈피하는 일과 다르

지 않다. 소위 장자가 말하는 고정 관념의 체계인 성심成心을 해체하는 것이다. 이럴 때 "물이 묻는 것"이라고 여겼던 생각은 "손바닥물이 손목을 타고 팔꿈치로 번지는" 것으로 알게 된다. "손바닥물"의 입장에서 사물현상을 이해하는 것이다.

이러한 관점주의는 「서프보드」에서 "허허바다/널빤지 한 장으로 태어나/쉼 없이 밀려오는 세파를 겁없이 타고 넘을 수 있었던 것은/내가 가진 기교나 근력이 아니라/오직 바람 덕분이었다"라는 진술을 얻고 있다. 이 경우 "바람"은 천지에 미만한 생명력인 기氣에 상응하는 의미로 비약한다.

이원도 시인은 주체와 타자, 인간과 자연의 대립을 탈피하여 무한한 우주 혹은 도의 관점에서 사물을 보려는 노력을 개진한다. 이는 사람들의 관계를 재인식하고 사물의 입장에서 자연 세계를 감응하는 일로 나타난다. 따라서 사물과의 열린 대화가 빈번하다.

> 그대 사랑법 흉내라도 내고 싶어 근 스무 해 동안 쉼없이 그대 곁에 서성거렸다//사랑이여,/그대 그 말 한마디/일러주기가/그렇게도 힘이 들었단 말인가//그렇다면 나는 또 기십 년을 그대 입술만 바라봐야 하는가.
> — 「동백섬」 전문

붉은 "동백"의 이미지를 환기하는 시적 솜씨도 돋보이지만 사물과 대화하는 화자의 태도에서 배어나는 간절함이 주목된다. 무엇보다 "나"를 에워싸고 있는 관습과 제도와 장치를 초월하여 사물에 가닿으려는 노력에서 이러한 간절함이 유발되는 것이다. 상생과 공존은 이처럼 간절한 타자성의 지향으로 가능하다.

  가령 "터널을 만들어/빨리 가는 것, 비책이야 될 수 있지만/산은 얼마나 아팠을까"(「상흔」 전문)라는 시적 진술을 단순한 의인화에 한정할 수 없다. 시인은 모든 사물을 대등한 관계로 받아들이는데 이런 가운데서 시적 감응이 생성하는 것이다.

> 괜한 짓 했어/오지 말았어야 할 이곳/가지 말았어야 할 저곳/이거이다 저거이다/시비분별이나 하다가/갯바위에 몰리고/꽃 틈에 몰리면/내 뜻 아니라고/허공의 핑계를 대지만/곰상곰상 생각해 보니/가지 말았어야 할/꽃 진 자리 저곳/더펄더펄 디며 보니/온 적도 없는/꽃 핀 자리 이곳.
> ─「파도, 동백에게」 전문

  "파도"와 "동백"의 이야기이지만 우의를 담고 있다. 시비 분별을 넘고 자기애적인 논리를 초월할 때 "꽃 핀 자리"에 당도한다는 해석이 가능하다. 이러한 점에서 감응은 동화나 투사와 같은 동일성의 지향에서 비롯하는 것

이 아니다. 그것은 끊임없이 주체를 비우고 지우는 무기
無己의 과정에서 타자와의 진정한 만남이 이뤄진다.

> 바퀴벌레, 제 몸에 난 잔털보다 많은 마음 가
진 바퀴벌레, 한 번도 제 몸의 잔털 다 세어보지
못한 바퀴벌레/아니, 세지 못한 것이 아니라 세
지 않았던 나의 분신 돈벌레//어느 봄날 봄꽃에
둘러싸인 노랑나비 한 마리 미소 띠며 다가와,/
"왜 그리 인상을 무섭게 해, 나처럼 편한 표정
지울 수 없니?"//나, 감지했다/나를 해치려는
음모가 언제나 내 가까이에 있다는 것을, 그래
서 더 무섭게 더 흉측하게 더 고상하게 더듬이
를 관리해야 한다는 것을//위기가 닥치면 제 몸
의 열 배 부풀릴 수도 있고, 반의 반쪽으로 줄일
수도 있는 초능력자에게//제까짓 게 뭔데 자존
심 건드려//단맛 즐기는 돈벌레/돈벌레 때문에
부자가 된 것이 아니고, 돈 있는 곳에 찾아가는
돈벌레//더듬이 닦으며/살충제 세례를 기다리
는 자유로운 영혼.
>
> － 「무기無己」 전문

「무기無己」는 자기 동일성을 분쇄하고 타자에게 열린
자기를 말하려 한다. 그러나 "바퀴벌레"의 입장을 "사람
들"이 알 수 없다. "노랑나비" 또한 마찬가지. 대부분의
사람들은 양자택일의 경로를 선택한다. 오해와 불신이
난무할 수밖에 없다. 서로 다른 입장과 태도와 생각이

동거하기 어려운 것이 현실이다. "돈벌레"라는 고정관념을 씌웠지만 혐오의 대상이 된 "바퀴벌레"의 입장을 이해하는 이 없다. 그는 전혀 동기 감응이 일어나지 않는 지평에 거주하는 벌레에 불과하다. 자기를 지우는 것은 이러한 "바퀴벌레"의 심정이 되는 일처럼 지난하다. 그것은 "살충제 세례를 기다리는 자유로운 영혼"이 될 때 성취될 수 있다. 그러나 사람들은 보려는 것만 보려할 뿐이다. 현실세계는 지식과 이념으로 무장한 이들의 각축장이다. 이처럼 인정투쟁이 난무하는 세계에서 무기無己를 추구하는 일은 가히 전복적인 행위가 아닐 수 없다. 적어도 시적 사유의 지평에서 장자를 내부로 받아들인 성취라 할 수 있다.

사물과의 관계론이 대대待對라면 주체의 해체는 무기無己가 된다. 이러한 과정은 궁극적으로 무대無待로 나아간다. 무대는 자타와 주객이 모두 통합되어 대립이 사라진 차원이다. 무기를 거치지 않고 무대에 이를 수 있는 방안은 없다. 무대는 무無의 중심으로 모든 사물들이 연결되는 과정이다. 시적 차원에서 대대만 하여도 만만한 지평은 아니다. 자기표현의 한계를 걷어내고 타자와 사물과 상대적이고 대화적인 관계를 형성하는 일이기 때문이다. 흔한 생태시의 지평은 대대관계가 주류를 이룬다.

그러므로 무기의 지평은 인간중심주의를 넘어서 생명세계와 공존하자는 취지를 넘어서 제유提喩의 우주를 지

향한다. 제유의 우주는 빈 중심에 모든 사물이 이어진 형국이다. 시인의 시적 구경은 이러한 "빈 중심"을 향해 있다.

그런데 빈 중심을 향한 시인의 시적 행보가 초속超俗의 경지를 추구하는 것으로 나아가진 않는다. 그것은 하나의 지향점일 뿐 현실은 아니다. 다만 현실 세계 속에서 자아의 망집을 벗어나 타자와 사물과 만나면서 자연이라는 대생기大生氣를 호흡하고자 하는 것이다. 더 많은 해체와 우의가 동원되어야만 하는 까닭이 여기에 있다. 시인은 그의 시작에서 많은 알레고리와 역설, 그리고 언어의 해체를 보여준다.

예를 들어 「측백나무」와 「지우개」가 우의의 양식을 따랐다면 「가장 이상적인 가계」나 「새를 키우려는 마음으로」는 해체와 역설의 양식을 품고 있다. 시인은 세상의 때가 묻고 기억이 눌려 앉은 언어들을 해체함으로써 말을 넘어선 시어들을 부려놓으려 한다. 말과 언어 또한 사회적 관습이자 장치이기 때문이다. 그리하여 궁극적으로 "텅 빈 허공"에 이르고자 한다.

사회와 마찬가지로 도시도 하나의 문법이자 제도이다. 나르시시즘의 문화가 지배하는 도시적 삶은 시인의 가치와 반립反立할 수밖에 없다.

그러나 시인의 지향이 자연을 향해 있다고 하여 일방의 시적 편향을 보이진 않는다. 일상수준과 생활세계 내에서 차이를 인정하고 상대적 가치를 존중하는 공생의

덕목을 앞세우고 있다. 이 점이 이원도 시인의 시가 지
닌 미덕이다. 소위 "늙은 생태주의"가 그의 시적 주제가
아니라는 것이다.

많은 이들에게 있어서 노년은 자연을 찬양하게 한다.
문명에 대한 거부가 생활세계를 소거하는 근본주의로
귀결될 때 사유와 사상의 활력은 떨어지게 마련이다. 그
러나 "몸살이의 경계란 내 몸에 물기가 남아 있을 때까
지라는 것"(「몸」에서)이라 진술하거나 "몸 버리고 나면/
꽃 버린 빈 가지처럼 가벼우신 지"(「낙수落穗」에서)라 묻
는 시적 태도에서 우리는 무위의 공동체에 대한 시인의
지향을 읽을 수 있다.

하지만 시인은 그 어떠한 세계관도 피력하지 않는다.
그 또한 상대적인 것이 아닐까. 그러므로 생경한 주장이
아니라 그 무엇보다 살아있는 감각이 중요한 것이다.

바람과 빗물이 합세해서 빚은/까만 헛기침 서
넛이/두런거리며 지나갔다//빛 없는 무인신호등
일으켜 세우느라 목쉰 기적이 안간힘 다하지
만,//침목 사이 발목 낀 떡갈잎들 독한 냉소만 보
낸다//낚시코에 걸린 강이 "날 좀 보소 날 좀 보
소" 한 소절 늘어트리면//잠시 엉덩이 붙일 짬도
없는/플랫폼의 검은 빛들이/소리 없는 기적을
양산하는/도도한 적막.
- 「간이역」 전문

이 시에서 느껴지는 감각의 깊이는 사물에 대한 감응의 진폭을 반영한다. 「패랭이꽃」과 「섬」에서와 같이 "애련"과 "생명"에 대한 공감이 크고 공감각을 넘어 "천상의 노래소리"를 듣는 경계境界를 보인다. 빈 중심을 향한 시인의 행보가 민활한 생명감각을 불러일으키고 있음을 알 수 있다. "소리없는 기적을 양산하는/도도한 적막"의 "간이역"은 시인의 시적 배회가 만난 장관의 일부이다.

이러한 성취에서 보듯이 장자와 동행하면서 "빈 중심"을 향하는 시인의 행보는 앞으로도 가열 찰 것이라 생각된다. 자기를 지우고 비우면서 다른 생명들을 채우는 원圓의 운동이 그치지 않을 것이다. 이원도 시인은 세상의 상식과 시비를 초극하고 자유로운 몸을 찾아가는 긍정과 화해의 시학에 대한 우리의 기대를 더하고 있다.